•Les aventures avec Nicolas•

La chatte perdue

•Adventures with Nicholas•

The Missing Cat

Illustrated by
Chris L. Demarest

Berlitz Kids™
Berlitz Publishing Company, Inc.

Princeton, New Jersey   Mexico City, Mexico   London, England
Eschborn, Germany   Singapore, Singapore

Printed in Singapore

5 7 9 10 8 6 4

ISBN 2-8315-5742-9

Dear Parents,

One of the most enriching experiences a child can have is learning a new language. Young children love learning, and Berlitz makes learning a new language more fun than ever before.

In 1878, Professor Maximilian Berlitz had a revolutionary idea about making language learning accessible and enjoyable. These same principles are still successfully at work today. Developed by an experienced team of language experts and educators, Berlitz Kids products are based on our century-old commitment to excellence as well as on the latest research about teaching children a second language.

One of the great joys of parenting is learning and discovering by listening to stories with your child. This is the very best way for a child to acquire beginning knowledge of a second language. In fact, by about the age of four, many children enjoy hearing stories for as long as 15 minutes.

The materials you are holding in your hands—*Adventures with Nicholas*—are designed to introduce children to a second language in a positive, accessible, and enjoyable way. The eight episodes present foreign language words gradually. And the content and vocabulary have been carefully chosen to interest and involve your child. You can use the materials at home, of course. You can also use them in the car, on the bus, or anywhere at all.

On one side of the audio cassette your child will hear the stories with wonderful sound effects. On the other side, your child will sing along with the entertaining and memorable songs. The songs are not just fun. Language experts say that singing songs helps kids learn the sounds of a new language more easily. What's more, an audio dictionary helps your child learn pronunciations of important words.

As you listen to the stories, be sure to take your cues from your child. Above all, keep it fun.

Welcome!

The Editors at Berlitz Kids

1 Où est Princesse?

Where Is Princess?

Nicolas aime sa chatte.
Elle s'appelle Princesse.

Nicholas loves his cat.
Her name is Princess.

— Ah, non!
Où est Princesse?

"Oh, no!
Where is Princess?"

Jean est le frère de Nicolas.
— Hé! Jean! Où est Princesse?
— Je ne sais pas.

John is Nicholas's brother.
"Hi, John, where is Princess?"
"I don't know."

— Bonjour, maman. Où est Princesse?
— Je ne sais pas.

"Good morning, Mom. Where is Princess?"
"I don't know."

Marie est la soeur de Nicolas.
— Hé! Marie! Où est Princesse?
— Je ne sais pas.

Maria is Nicholas's sister.
"Hi, Maria, where is Princess?"
"I don't know."

— Bonjour, papa. Où est Princesse? demande Nicolas.

— Je ne sais pas. Allons la chercher, dit son papa.

— Je veux aller la chercher, moi aussi, dit Marie.

Alors, Nicolas, Marie et leur papa vont chercher
    Princesse.

"Good morning, Dad. Where is Princess?" asks Nicholas.
"I don't know. Let's go look for her," says his dad.
"I want to go, too," says Maria.
So, Nicholas, Maria, and their dad go out to look for Princess.

2 À la recherche de Princesse

Looking for Princess

Nicolas, Marie et leur papa cherchent Princesse.
— Princesse! Où es-tu?
— Princesse! Où es-tu?
— Princesse! Où es-tu?

Nicholas, Maria, and their dad are looking for Princess.
"Princess, where are you?"
"Princess, where are you?"
"Princess, where are you?"

Ils cherchent par-ci.

They look here.

Ils cherchent par-là.

They look there.

Ils cherchent partout.

They look everywhere.

Nicolas ne voit pas Princesse.
Mais il voit bien de bonnes choses à manger!
— J'ai faim, dit Nicolas.
— J'ai soif, dit son papa.
— J'ai faim et soif, dit Marie.

Nicholas doesn't see Princess.
But he does see food!
"I'm hungry," says Nicholas.
"I'm thirsty," says his dad.
"I'm hungry and thirsty," says Maria.

— Veux-tu une pomme?
— Non. Je ne veux pas de pomme, dit Nicolas.
— Veux-tu du raisin?
— Non. Je ne veux pas de raisin.

"Do you want an apple?"
"No. I don't want an apple," says Nicholas.
"Do you want some grapes?"
"No. I don't want any grapes."

— Que veux-tu?
— Je voudrais une banane, dit Nicolas.
— Ah! C'est bon. Merci, papa!
— Je t'en prie, Nicolas.

"What do you want?"
"I want a banana!" says Nicholas.
"Mmm! That's good. Thanks, Dad!"
"You're welcome, Nicholas!"

— Bonjour, monsieur. Je cherche ma chatte.
Elle s'appelle Princesse.
Savez-vous où elle est?

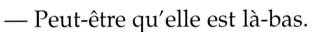

"Hello. I'm looking for my cat.
Her name is Princess.
Do you know where she is?"

— Peut-être qu'elle est là-bas.
— Papa, cherchons là-bas, dit Nicolas.
— Bonne idée, disent son papa et Marie.
Et ils y vont.

"Maybe she's over there."
"Dad, let's look over there," says Nicholas.
"Good idea," say his dad and Maria.
And away they go.

Le dessin de Princesse

Princess's Picture

— Viens, Nicolas.
Cherchons quelqu'un pour
   nous aider.
— Ma chatte est perdue, dit Nicolas.
Pouvez-vous m'aider?

"Come on, Nicholas.
Let's get help."
"My cat is lost," says Nicholas.
"Can you please help me?"

— Bien sûr, je peux t'aider.
Est-ce que ta chatte est grosse ou petite, Nicolas?
— Elle est petite, dit Nicolas.

—"Sure, I can help you.
Is your cat big or little, Nicholas?"
"She's little," says Nicholas.

— Est-elle blanche?
— Non. Elle n'est pas
   blanche.

"Is she white?"
"No. She isn't white."

— Est-elle noire?
— Non. Elle n'est pas
    noire.

"Is she black?"
"No. She isn't black."

— Est-elle rose?
— Non, non! Elle n'est pas rose.
Princesse est orange.

"Is she pink?"
"No, no! She isn't pink!
Princess is orange."

— Oui, ça c'est Princesse! Merci!
— De rien. Affichons ces dessins
   partout dans la ville.
Et c'est ce qu'ils font.

"Yes, that's Princess! Thank you!"
"You're welcome. Let's put these pictures
   all around the town."
And that's what they do.

4 Dix Princesses

Ten Princesses

— Allons à la bibliothèque, papa.
Beaucoup de gens vont
à la bibliothèque.

*"Let's go to the library, Dad.
Lots of people go to the library."*

— Allons au bureau de poste, dit le papa
   de Nicolas.
Beaucoup de gens vont au bureau de poste.
— C'est vrai, dit Marie.

"Let's go to the post office," says Nicholas's dad.
"Lots of people go to the post office."
"That's right," says Maria.

— Allons à l'hôtel.
Beaucoup de gens vont à l'hôtel.

*"Let's go to the hotel.
Lots of people go to the hotel."*

— Allons à l'épicerie et à la boulangerie.
Beaucoup de gens vont là aussi.

*"Let's go to the grocery store and the bakery.
Lots of people go there, too."*

Ils font le tour de la ville.
— Merci de votre aide, dit Nicolas.
— Merci beaucoup, dit Marie.
— À votre service!

They go all round the town.
"Thank you for helping," says Nicholas.
"Thank you very much!" says Maria.
"You're welcome!"

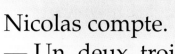

Nicolas compte.
— Un, deux, trois, quatre, cinq,
   six, sept, huit, neuf, dix.
Dix dessins de Princesse!
Nicolas et Marie reprennent déjà l'espoir.

Nicholas counts.
"One, two, three, four, five,
   six, seven, eight, nine, ten.
Ten pictures of Princess!"
Nicholas and Maria feel better already.

5 À la caserne de pompiers

At the Firehouse

— Nous avons encore un dessin.
Apportons-le à la caserne de pompiers, dit Nicolas.

"We have one more picture.
Let's take it to the firehouse," says Nicholas.

— Bonjour, Monsieur. Pouvez-vous nous aider?
   demande Nicolas.
— Y a-t-il un incendie?
— Non, je cherche ma chatte.
— Est-ce que ta chatte a pris feu?
— Non. Elle est perdue.
— Elle ressemble à ce dessin, dit le papa de Nicolas.

"Hello. Can you help us?" asks Nicholas.
"Is there a fire?"
"No. I'm looking for my cat."
"Is your cat on fire?"
"No, she's lost."
"She looks like this," says Nicholas's dad.

— Hmmm. Voyons.
Dimanche, aucun chat.
Lundi, aucun chat.

*"Hmmm. Let me see.
On Sunday, no cat.
On Monday, no cat.*

31

Mardi, aucun chat.
Mercredi, aucun chat.
Jeudi, aucun chat.
Vendredi, aucun chat.

On Tuesday, no cat.
On Wednesday, no cat.
On Thursday, no cat.
On Friday, no cat."

— C'est aujourd'hui samedi.
Aujourd'hui, aucun chat.
Toute la semaine, aucun chat.
Je regrette. Je ne peux pas vous aider.
Mais avertissez-moi si vous voyez un incendie.

"Today is Saturday.
No cat today.
No cat all week.
I'm sorry. I can't help you.
But call me if you see a fire."

— Personne ne sait où trouver Princesse, dit Nicolas.

— Princesse nous manque toujours.

— Il ne faut pas désespérer, dit son papa.

— Il ne faut pas désespérer, dit sa soeur.

Nicolas sourit.

Mais il réfléchit et se dit: — Je regrette toujours Princesse.

"No one can find Princess," says Nicholas.
"Princess is still lost."
"Don't give up," says his dad.
"Don't give up," says his sister.
Nicholas smiles.
But he thinks, "I still miss Princess."

6 Souvenirs de Princesse

Remembering Princess

Nicolas garde de beaux souvenirs de sa chatte.
— Au printemps, Princesse aime les fleurs.
Elle joue dans le jardin.

Nicholas remembers his cat.
"In the spring, Princess likes the flowers.
She plays in the garden."

— En été, Princesse aime les poissons.
Elle joue sur les bords de l'étang.
Mais elle n'aime pas se tremper dans l'eau.

"In the summer, Princess likes the fish.
She plays by the pond.
But she doesn't like to get wet!"

— En automne, elle aime les feuilles.
Elle joue dans les arbres.

*"In the fall, she likes the leaves.
She plays in the trees."*

— En hiver, Princesse aime la neige.
Elle joue avec moi.

"In the winter, Princess likes the snow.
She plays with me."

— Regardez qui arrive!
Et regardez ce qu'il porte dans les bras!
Bonjour. C'est Princesse dedans? demande Nicolas.
— Non, Nicolas, malheureusement pas.
Ce n'est pas Princesse.

"Look who's coming!
And look what he's carrying!
Hello. Is Princess in there?" asks Nicholas.
"No, Nicholas, I'm sorry.
It's not Princess."

— Mais j'ai bien un chat.
Il est tout mignon
    et il a besoin d'un foyer.
Peux-tu le prendre chez toi?
— Oui, oui, dit Nicolas.
Et voilà comment Nicolas trouve
    son nouveau chat.

"But I do have a cat.
He's very cute,
    and he needs a home.
Can you take him in?"
"Yes, yes," says Nicholas.
And that is how Nicholas gets
    his new cat.

7 Un chat, deux chats

One Cat, Two Cats

Nicolas appelle sa maman.
— Maman! Regarde!
Nous avons un nouveau chaton.
— Bon! dit maman.
Nicolas appelle son frère.
— Jean! Regarde!
Nous avons un nouveau chaton.
— Bon! dit Jean.

Nicholas calls his mom.
"Mom! Look!
We have a new kitten."
"Great!" says Mom.
Nicholas calls his brother.
"John! Look!
We have a new kitten."
"Great!" says John.

Le chaton fait le tour
   de la maison.
Il joue dans la cuisine.
Il court de-ci de-là.
Il trouve de la nourriture.
— Il l'aime, dit Nicolas.

The kitten looks all around the house.
He plays in the kitchen.
He runs around and around.
He finds some food.
"He likes it," says Nicholas.

Le chaton joue dans le salon.
Il trouve son lit.
— Il l'aime, dit Nicolas.

The kitten plays in the living room.
He finds his bed.
"He likes it," says Nicholas.

Le chaton joue dans la salle de bains.
Il saute et redescend partout tout en courant.
Il trouve une souris en feutre.
— Il l'aime. Il l'aime beaucoup.

The kitten plays in the bathroom.
He runs up and down.
He finds a toy mouse.
"He likes it. He likes it a lot."

Le chaton joue dans la chambre à coucher.
Il court de-ci de-là,
    au dedans et au dehors,
    de haut en bas.
Regardez ce qu'il trouve!

The kitten plays in the bedroom.
He runs around and around,
    in and out,
    and up and down.
Look what he finds!

Princesse!
— Princesse, je t'aime, dit Nicolas.
— Je t'aime, moi aussi, dit Marie.
— Moi, aussi, je t'aime, dit Jean.

Princess!
"Princess, I love you," says Nicholas.
"I love you, too," says Maria.
"I love you, too," says John.

— Regarde, maman! Regarde, papa!
C'est Princesse!
Princesse aime bien le chaton.
Le chaton aime Princesse également.
Et Nicolas est bien heureux.

"Look, Mom! Look, Dad!
It's Princess!"
Princess likes the kitten.
The kitten likes Princess, too.
And Nicholas feels very, very happy.

8 La fête

The Party

— Maintenant nous avons deux chats, dit Nicolas.
— Faisons une fête!
— D'accord, dit maman. Préparons une fête pour sept heures du soir.

"Now we have two cats," says Nicholas.
"Let's celebrate!"
"Yes!" says Mom. "Let's have a party at seven o'clock."

— Papa, est-ce qu'on peut commencer la fête maintenant? demande Nicolas.

— Non, Nicolas. Il n'est que cinq heures du soir. On va commencer la fête dans deux heures.

"Dad, can we start the party now?" asks Nicholas.
"No, Nicholas, it's only five o'clock.
The party starts in two hours."

— Marie, est-ce qu'on peut commencer la fête
  maintenant?
— Non, Nicolas, il n'est que six heures du soir.
On va commencer la fête dans une heure.

"Maria, can we start the party now?"
"No, Nicholas, it's only six o'clock.
The party starts in one hour."

— Vivent les fêtes! Il est sept heures.
C'est l'heure de notre fête! dit Nicolas.

"Hooray! It's seven o'clock.
It's time for the party!" says Nicholas.

— Est-ce que je peux prendre une glace? demande
   Nicolas.
— Moi aussi? demande Jean.
— Oui, dit maman.
— Est-ce que je peux prendre un morceau de gâteau?
   demande Nicolas.
— Moi aussi? demande Jean.
— Oui, dit maman.

"May I have some ice cream?" asks Nicholas
"Me too?" asks John.
"Yes," says Mom.
"May I have some cake?" asks Nicholas.
"Me too?" asks John.
"Yes," says Mom.

— Quelle belle fête! dit Marie.
— Nous avons de la chance! dit Nicolas.
— Nous sommes une grande famille heureuse!

"What a great party!" says Maria.
"We're so lucky!" says Nicholas.
"We're one big, happy family!"

Song Lyrics

Song to Accompany Story 1

Miaou! *(Meow!)*

[Sung to the tune of "Oh Where, Oh Where Has My Little Dog Gone?"]

Oh par où, oh par où Ma chatonne est-elle allée? Par où ma chatonne Est-elle passée? Ses oreilles sont courtes, Et sa queue est si longue, Je crois qu'elle est là-haut dans un arbre! MIAOU!	*Oh where, oh where* *Has my little cat gone?* *Oh where,* *Can my little cat be?* *With her ears so short,* *And her tail so long,* *I think she's up in a tree!* *MEOW!*

Oh par où, oh par où Ma chatonne est-elle allée? Par où ma chatonne Est-elle passée? Ses oreilles sont courtes, Et sa queue est si longue, Je crois qu'elle est sous le tapis! MIAOU!	*Oh where, oh where* *Has my little cat gone?* *Oh where,* *Can my little cat be?* *With her ears so short,* *And her tail so long,* *I think she's under the rug!* *MEOW!*

Oh par où, oh par où Ma chatonne est-elle allée? Par où ma chatonne Est-elle passée? Ses oreilles sont courtes, Et sa queue est si longue, Je crois qu'elle conduit la voiture! BOUM!	*Oh where, oh where* *Has my little cat gone?* *Oh where,* *Can my little cat be?* *With her ears so short,* *And her tail so long,* *I think she's driving the car!* *CRASH!*

Oh par où, oh par où Ma chatonne est-elle allée? Par où ma chatonne Est-elle passée? Ses oreilles sont courtes, Et sa queue est si longue, Je crois qu'elle est en pleine mer! OHÉ!	*Oh where, oh where* *Has my little cat gone?* *Oh where,* *Can my little cat be?* *With her ears so short,* *And her tail so long,* *I think she went out to sea!* *AHOY!*

Oh par où, oh par où Ma chatonne est-elle allée? Par où ma chatonne Est-elle passée? Ses oreilles sont courtes, Et sa queue est si longue, Par où ma chatonne Est-elle passée? MIAOU!	*Oh where, oh where* *Has my little cat gone?* *Oh where,* *Can my little cat be?* *With her ears so short,* *And her tail so long,* *Oh where,* *Can my little cat be?* *MEOW!*

Song to Accompany Story 2

Ma chatonne *(My Kitten)*

[Sung to the tune of "The Cat and the Rat" (French Folk Song)]

Ma chatonne est une chatte affamée. Elle aime manger des bananes, Elle grimpe là-haut dans les arbres en feuilles, Et dévore les bananes d'un seul coup.	*My kitten is a hungry cat.* *She likes to eat bananas.* *She climbs up into leafy trees,* *And gobbles them right down.*
Croc, croc, croc, croc, Elle aime manger des bananes. Croc, croc, croc, croc, Elle dévore les bananes d'un seul coup.	*Munch, munch, munch, munch,* *She likes to eat bananas.* *Munch, munch, munch, munch,* *She gobbles them right down.*
Ma chatonne est une chatte affamée. Elle aime manger des pommes vertes. Elle grimpe là-haut dans les arbres en feuilles, Et dévore les pommes vertes d'un seul coup.	*My kitten is a hungry cat.* *She likes to eat green apples.* *She climbs up into leafy trees,* *And gobbles them right down.*
Croc, croc, croc, croc, Elle aime manger des pommes vertes. Croc, croc, croc, croc Elle dévore les pommes vertes d'un seul coup.	*Munch, munch, munch, munch,* *She likes to eat green apples.* *Munch, munch, munch, munch,* *She gobbles them right down.*
Ma chatonne est une chatte affamée. Elle aime manger des oranges fraîches. Elle grimpe là-haut dans les arbres en feuilles, Et dévore les oranges d'un seul coup.	*My kitten is a hungry cat.* *She likes to eat fresh oranges.* *She climbs up into leafy trees,* *And gobbles them right down.*
Croc, croc, croc, croc, Elle aime manger des oranges fraîches. Croc, croc, croc, croc, Elle dévore les oranges d'un seul coup.	*Munch, munch, munch, munch,* *She likes to eat fresh oranges.* *Munch, munch, munch, munch,* *She gobbles them right down.*

Song to Accompany Story 3

Chiens roses et vaches bleues *(Pink Dogs and Blue Cows)*

[Sung to the tune of "My Bonnie Lies over the Ocean"]

Je ne croyais jamais qu'il existait
   des chiens roses.
Ce sont des choses
   bizarres à voir.
Je ne croyais jamais qu'il existait
   des chiens roses.
Mais celui-là me regarde fixement.
	I never believed there were
	   pink dogs.
	They are such a strange
	   sight to see.
	I never believed there were
	   pink dogs,
	But that one is staring at me.

Ouâ, ouâ, ouâ, ouâ, Le regard d'un chien rose m'amuse —MAINTENANT! Ouâ, ouâ, ouâ, ouâ, Un chien rose me regarde fixement.	*Ruff, ruff, ruff, ruff,* *A pink dog is staring at me* *—RIGHT NOW!* *Ruff, ruff, ruff, ruff,* *A pink dog is staring at me.*

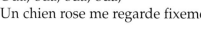

Je ne croyais jamais qu'il existait
   des vaches bleues.
Ce sont des choses bizarres à voir.
Je ne croyais jamais qu'il existait
   des vaches bleues.
Mais celle-là me regarde fixement.

Meu-meu, meu-meu,
Le regard d'une vache bleue m'amuse
—MAINTENANT!
Meu-meu, meu-meu,
Une vache bleue me regarde fixement.

Je ne croyais jamais aux chevaux tout verts.
Ce sont des choses bizarres à voir.
Je ne croyais jamais aux chevaux tout verts.
Mais celui-là me regarde fixement.

Hi hi hi, hi hi hi,
Le regard du cheval vert m'amuse
—MAINTENANT!
Hi hi hi, hi hi hi,
Un cheval vert me regarde fixement.

I never believed
   there were blue cows.
They are such a strange sight to see.
I never believed
   there were blue cows,
But that one is staring at me.

Moo, moo, moo, moo,
A blue cow is staring at me
—RIGHT NOW!
Moo, moo, moo, moo,
A blue cow is staring at me.

I never believed in green horses.
They are such a strange sight to see.
I never believed in green horses,
But that one is staring at me.

Neigh, neigh, neigh, neigh,
A green horse is staring at me
—RIGHT NOW!
Neigh, neigh, neigh, neigh,
A green horse is staring at me.

Song to Accompany Story 4

Flic flac *(Drip Drop)*
[Sung to "Little Bird at My Window" (German Folk Song)]

Flic flac. Flic flac.
Flic flac. Flic flac.

Viens voir par ma fenêtre.
Vois-tu ce que je vois?
Je vois cinq gouttelettes de pluie
Qui me font un clin d'oeil.

[*Repeat with* quatre gouttelettes
de pluie, *then* trois, *then* deux
gouttelettes de pluie.]

Viens voir par ma fenêtre.
Vois-tu ce que je vois?
Je vois une gouttelette de pluie
Qui me fait un clin d'oeil.

Viens voir par ma fenêtre.
Vois-tu ce que je vois?
Le soleil remplit le ciel
Qui clignote pour moi.

Jouons!

Drip drop. Drip drop.
Drip drop. Drip drop.

Come and look out my window.
Do you see what I see?
I see five little raindrops
Winking back at me.

[Repeat with four little
raindrops, then three, then two
little raindrops.]

Come and look out my window.
Do you see what I see?
I see one little raindrop
Winking back at me.

Come and look out my window.
Do you see what I see?
There's a sky full of sunshine
Winking back at me.

Let's play!

Je cherche *(I'm Looking)*
[Sung to the tune of "Loop-ty Loo"]

Je cherche mon chaton.	*I'm looking for my kitten.*
Je cherche mon livre.	*I'm looking for my book.*
Je cherche mes crayons.	*I'm looking for my pencils.*
Je ne sais pas où chercher.	*I don't know where to look.*
Lundi, mardi, mercredi—	*Monday, Tuesday, Wednesday—*
Quel que soit le jour que je choisis.	*Any day I choose.*
Jeudi, vendredi, samedi,	*Thursday, Friday, Saturday,*
Avant dimanche il y a	*By Sunday there's*
quelque chose que je perds.	*something I lose.*
Je cherche ma tortue.	*I'm looking for my turtle.*
Je cherche mon ballon.	*I'm looking for my ball.*
Je cherche mes craies à dessiner.	*I'm looking for my crayons.*
Je ne les vois point.	*I don't see them at all.*
[Repeat chorus.]	[Repeat chorus.]
Je cherche mes mitaines.	*I'm looking for my mittens.*
Je cherche mes chaussures.	*I'm looking for my shoes.*
Je cherche mon frère.	*I'm looking for my brother.*
Que puis-je bien perdre encore?	*What else can I lose?*
[Repeat chorus.]	[Repeat chorus.]

Le printemps, l'été, l'automne, l'hiver
(Spring, Summer, Fall, Winter)
[Sung to the tune of "The More We Get Together" (German Folk Song)]

J'ai donné à ma maman un cadeau,	*I gave my mom a present,*
Un cadeau, un cadeau.	*A present, a present.*
J'ai donné à ma maman un cadeau,	*I gave my mom a present*
Parce que c'était le printemps.	*Because it was spring.*
Je lui ai donné des fleurs,	*I gave her some flowers,*
Marguerites et roses.	*Daisies and roses.*
J'ai donné à ma maman un cadeau,	*I gave my mom a present*
Parce que c'était le printemps.	*Because it was spring.*
J'ai donné à ma maman un cadeau,	*I gave my mom a present,*
Un cadeau, un cadeau.	*A present, a present.*
J'ai donné à ma maman un cadeau,	*I gave my mom a present*
Parce que c'était l'été.	*Because it was summer.*
Je lui ai donné des fruits,	*I gave her some fruit,*
Pêches et cerises.	*Peaches and cherries.*
J'ai donné à ma maman un cadeau,	*I gave my mom a present*
Parce que c'était l'été.	*Because it was summer.*

J'ai donné à ma maman un cadeau,	I gave my mom a present,
Un cadeau, un cadeau.	A present, a present.
J'ai donné à ma maman un cadeau,	I gave my mom a present
Parce que c'était l'automne.	Because it was fall.
Je lui ai donné des feuilles,	I gave her some leaves,
Rouges et oranges.	Red and orange.
J'ai donné à ma maman un cadeau,	I gave my mom a present
Parce que c'était l'automne.	Because it was fall.
J'ai donné à ma maman un cadeau,	I gave my mom a present,
Un cadeau, un cadeau.	A present, a present.
J'ai donné à ma maman un cadeau,	I gave my mom a present
Parce que c'était l'hiver.	Because it was winter.
Je lui ai donné des boules de neige,	I gave her some snowballs,
Grandes et petites.	Big and small.
J'ai donné à ma maman un cadeau,	I gave my mom a present.
Parce que c'était l'hiver.	Because it was winter.

Song to Accompany Story 7

Un chat, deux chats *(One Cat, Two Cats)*
[Sung to the tune of "Where is Thumbkin?"]

Un chat, deux chats,	One cat, two cats,
Vois notre nouveau chat.	See our new cat.
Regarde, il joue!	Watch him play!
Quelle journée!	What a day!
Il court dans la cuisine.	He runs around the kitchen.
Il court dans la chambre à coucher.	He runs around the bedroom.
Ah, quelle joie!	Oh, what fun!
Regarde-le courir!	See him run!
[Repeat chorus.]	[Repeat chorus.]
Il court dans la salle de bains.	He runs around the bathroom.
Il court dans la chambre à jouer.	He runs around the playroom.
Ah, quelle joie!	Oh, what fun!
Regarde-le courir!	See him run!
[Repeat chorus.]	[Repeat chorus.]
Il court dans la grande ville.	He runs around the city.
Il a l'air très joli.	He looks so very pretty.
Ah, quelle joie!	Oh, what fun!
Regarde-le courir!	See him run!
Regarde-le courir!	See him run!

Ma fête *(My Party)*

[Sung to the tune of "El coquí" (Puerto Rican Folk Song)]

Nous voici à la fête,	*Here we are at the party,*
Nous ne pouvons être plus heureux.	*We're happy as happy can be.*
Nous voici à la fête,	*Here we are at the party.*
Et tous mes amis sont avec moi.	*And all of my friends are with me.*
Voici la chatte.	*Here's the cat.*
Elle porte un chapeau.	*She's wearing a hat.*
Nous voici à la fête,	*Here we are at the party,*
Nous ne pouvons être plus heureux.	*We're happy as happy can be.*
Nous voici à la fête,	*Here we are at the party.*
Et tous mes amis sont avec moi.	*And all of my friends are with me.*
Voici le serpent.	*Here's the snake.*
Il mange encore du gâteau.	*He's eating more cake.*
Voilà la chatte.	*There's the cat.*
Elle porte un chapeau.	*She's wearing a hat.*
Nous voici à la fête,	*Here we are at the party,*
Nous ne pouvons être plus heureux.	*We're happy as happy can be.*
Nous voici à la fête,	*Here we are at the party.*
Et tous mes amis sont avec moi.	*And all of my friends are with me.*
Voici le cochon.	*Here's the pig.*
Il danse une gigue.	*He's dancing a jig.*
Voilà le serpent.	*There's the snake.*
Il mange encore du gâteau.	*He's eating more cake.*
Voilà la chatte.	*There's the cat.*
Elle porte un chapeau.	*She's wearing a hat.*
Nous voici à la fête,	*Here we are at the party,*
Nous ne pouvons être plus heureux.	*We're happy as happy can be.*
Nous voici à la fête,	*Here we are at the party.*
Et tous mes amis sont avec moi.	*And all of my friends are with me.*
Voici le cheval.	*Here's the horse.*
Il chante, bien entendu.	*He's singing, of course.*
Voilà le cochon.	*There's the pig.*
Il danse une gigue.	*He's dancing a jig.*
Voilà le serpent,	*There's the snake.*
Il mange encore du gâteau.	*He's eating more cake.*
Voilà la chatte.	*There's the cat.*
Elle porte un chapeau.	*She's wearing a hat.*
Nous voici à la fête,	*Here we are at the party,*
Nous ne pouvons être plus heureux.	*We're happy as happy can be.*
Nous voici à la fête,	*Here we are at the party.*
Et tous mes amis sont avec moi.	*And all of my friends are with me.*

English/French Picture Dictionary

Here are some of the people, places, and things that appear in this book.

apple
pomme

bedroom
chambre à coucher

bakery
boulangerie

book
livre

banana
banane

brother
frère

bathroom
salle de bains

cake
gâteau

59

car
voiture

cat
chatte

cows
vaches

dad
papa

ears
oreilles

fall
automne

fire
incendie

firehouse
caserne de pompiers

fish
poissons

flowers
fleurs

grapes
raisin

grocery store
épicerie

hat
chapeau

horses
chevaux

hotel
hôtel

ice cream
glace

kitchen
cuisine

kitten
chaton

leaves
feuilles

library
bibliothèque

living room
salon

pig
cochon

mom
maman

pond
étang

oranges
oranges

post office
bureau de poste

party
fête

present
cadeau

people
gens

shoes
chaussures

sister
soeur

tail
queue

snake
serpent

town
ville

snow
neige

trees
arbres

spring
printemps

turtle
tortue

summer
été

winter
hiver

Word List

a	chatte	fêtes	merci	recherche	vendredi
à	cherche	feu	mercredi	redescend	veux
affichons	cherchent	feuilles	mignon	réfléchit	viens
aide	chercher	feutre	moi	regarde	ville
aider	cherchons	fleurs	monsieur	regardez	vivent
aime	chez	font	morceau	regrette	voilà
aller	choses	foyer	ne	reprennent	voit
allons	cinq	frère	neige	ressemble	vont
alors	commencer	garde	neuf	rien	votre
appelle	comment	gâteau	Nicolas	rose	voudrais
apportons	compte	gens	noire	sa	vous
arbres	coucher	glace	non	sais	voyez
arrive	courant	grande	notre	sait	voyons
au	court	grosse	nourriture	salle	vrai
aucun	cuisine	haut	nous	salon	y
aussi	dans	hé	nouveau	samedi	
automne	de	heure	on	saute	a besoin de
avec	dedans	heures	orange	savez	à votre
aventures	dehors	heureuse	ou	se	service
avertissez	déjà	heureux	où	semaine	a-t-il
avons	demande	hiver	oui	sept	aujourd'hui
banane	désespérer	hôtel	papa	service	bien sûr
bas	dessin	hui	partout	si	chambre à
beaucoup	dessins	huit	pas	six	coucher
beaux	deux	idée	perdue	soeur	d'accord
belle	dimanche	il	personne	soif	de-ci
besoin	disent	ils	petite	soir	de-là
bibliothèque	dit	incendie	peut	sommes	elle s'appelle
bien	dix	jardin	peux	son	est-ce que
blanche	du	je	poissons	souris	je t'en prie
bon	eau	Jean	pomme	sourit	là-bas
bonjour	également	jeudi	pompiers	souvenirs	malheureuse-
bonne	elle	joue	porte	sur	ment pas
bonnes	en	là	poste	sûr	par-ci
bords	encore	le	pour	ta	par-là
boulangerie	épicerie	les	pouvez	toi	peut-être
bras	es	leur	prendre	toujours	porte dans les
bureau	espoir	lit	préparons	tour	bras
ça	est	lundi	prie	tout	quelqu'un
caserne	et	ma	Princesse	toute	salle de bains
ce	étang	maintenant	Princesses	tremper	tout en
ces	été	mais	printemps	trois	courant
cette	faim	maison	pris	trouve	vivent les
chambre	faisons	maman	quatre	trouver	fêtes
chance	fait	manger	que	tu	
chat	famille	manque	quelle	un	
chaton	faut	mardi	qui	une	
chats	fête	Marie	raisin	va	